AF340140

LE SOLEIL FIXE

AU MILIEU DES PLANÈTES.

LE SOLEIL FIXE

AU MILIEU DES PLANÈTES,

ODE.

L'HOMME a dit : Les cieux m'environnent,
Les cieux ne roulent que pour moi ;
De ces astres qui me couronnent,
La Nature me fit le roi :
Pour moi seul le soleil se lève,
Pour moi seul le soleil achève
Son cercle éclatant dans les airs,
Et je vois, souverain tranquille,
Sur son poids la terre immobile
Au centre de cet univers.

Fier mortel, bannis ces fantômes,
Sur toi-même jette un coup-d'œil.
Qui sommes-nous, foibles atômes,
Pour porter si loin notre orgueil ?

Insensés ! nous parlons en maîtres,
Nous qui dans l'océan des êtres
Nageons tristement confondus;
Nous dont l'existence légère,
Pareille à l'ombre passagère,
Commence, paroît, et n'est plus !

Mais quelles routes immortelles
Uranie entr'ouvre à mes yeux !
Déesse, est-ce toi qui m'appelles
Aux voûtes brillantes des cieux ?
Je te suis.... Mon ame agrandie,
S'élançant d'une aîle hardie,
De la terre a quitté les bords;
De ton flambeau la clarté pure
Me guide au temple où la Nature
Cache ses augustes trésors.

Grand dieu ! quel sublime spectacle
Confond mes sens, glace ma voix !
Où suis-je ? Quel nouveau miracle
De l'Olympe a changé les loix ?
Au loin, dans l'étendue immense,
Je contemple seul en silence

La marche du grand univers ;
Et dans l'enceinte qu'il embrasse,
Mon œil surpris voit sur sa trace
Retourner les orbes divers.

Portés du Couchant à l'Aurore
Par un mouvement éternel,
Sur leur axe ils tournent encore
Dans les vastes plaines du ciel.
Quelle intelligence secrète
Règle en son cours chaque planète
Par d'imperceptibles ressorts ?
Le Soleil est-il le génie
Qui fait avec tant d'harmonie
Circuler les célestes corps ?

Au milieu d'un vaste fluide
Que la main du Dieu créateur
Versa dans l'abîme du vuide,
Cet astre unique est leur moteur.
Sur lui-même agité sans cesse,
Il emporte, il balance, il presse
L'Ether et les orbes errans ;
Sans cesse une force contraire,

De cette ondoyante matière
Vers lui repousse les torrens.

Ainsi se forment les orbites
Qui tracent ces globes connus :
Ainsi dans des bornes prescrites
Volent et Mercure et Vénus.
La Terre suit : Mars moins rapide,
D'un air sombre s'avance et guide
Les pas tardifs de Jupiter ;
Et son père, le vieux Saturne,
Roule à peine son char nocturne
Sur les bords glacés de l'Ether.

Oui, notre sphère, épaisse masse,
Demande au Soleil ses présens.
A travers sa dure surface,
Il darde ses feux bienfaisans.
Le jour voit en heures légères
Présenter les deux hémisphères
Tour à tour à ses doux rayons ;
Et sur les signes inclinée,
La Terre promenant l'année,
Produit des fleurs et des moissons.

Je te salue, ame du monde,
Sacré Soleil, astre de feu,
De tous les biens source féconde,
Soleil, image de mon Dieu !
Aux globes qui, dans leur carrière,
Rendent hommage à ta lumière,
Annonce Dieu par ta splendeur,
Règne à jamais sur ses ouvrages,
Triomphe, entretiens tous les âges
De son éternelle grandeur.

F I N.

NOTES.

Page 4. *Et la débauche, hideuse en son ivresse. Voyez* la seconde note de la page 28.

Idem. *Cypris*, surnom de Vénus.

Page 8. *Chante Uranie*, &c. Uranie, muse qui préside à l'astronomie.

Page 10. *C'est par vous seul, infortuné Narcisse.* Beau jeune homme. Il étoit fils de la nymphe Liriope et du Céphise, fleuve de la Grèce.

Page 13. *Au seul dieu qu'à Paphos on révère.* Paphos, ville de l'île de Chypre. Vénus y étoit adorée, comme dans tout le reste de l'île.

Ibid. *L'heureux fils du Céphise. Voyez* ci-dessus la note de la page 10.

Page 14. *Il tient captifs les fils légers d'Eole.* Eole, dieu des vents.

Page 15. *Les yeux sur vous, la nocturne courrière.* On entend par-là Diane : c'est la même que la lune.

Page 24. *Être effacé par la main de Clio.* Clio, muse qui préside à l'histoire.

Idem. *Vous n'aviez pu, dieu des heureux pavots.* C'est le dieu du sommeil : le pavot lui est consacré.

Page 28. *D'être coupable, et de l'être par lui.* Ces paroles sont une prédiction. Ce fut la curiosité d'Echo qui la perdit.

Ibid. *Et dès ce soir, si de tristes présages.* On verra dans le quatrième chant les présages qui précédèrent ce sacrifice.

Page 101. *Au centre de cet univers.* Système de Ptolomée.

Page 103. *Retourner les orbes divers.* Système de Copernic.

A PARIS, DE L'IMPRIMERIE DE CRAPELET.

ODES,

&c.

Avignon 1.er 8bre 1806

Monsieur,

N'ayant d'autre titre auprès de vous que celui de cultiver les lettres, souffrez que j'aie l'honneur de vous adresser un exemplaire de l'ouvrage que je viens de livrer à l'impression, avec prière à vous de condescendre à en faire la critique. Cette démarche de quelqu'un qui vous est absolument étranger excitera peut-être votre surprise: je ne me la permets qu'en considération des circonstances dans lesquelles je suis. Mon sort a été d'être retenu vingt quatre ans consécutifs en amérique d'où je ne suis revenu que depuis environ dixhuit mois, et mon malheur de n'y avoir fait la rencontre d'aucun littérateur aux lumières du quel je pusse soumettre ce que j'avois le foible de prendre pour les suggestions du talent. J'ai donné ainsi carrière aux divagations de ma muse sans autre impression que celle du plaisir que j'en éprouvois. Cependant je desirerois aujourd'huy connoître la valeur de ce qui en a été le fruit; et comment y parvenir hors de la capitale? Mon moyen seul est donc l'impression, sauf à rester dûment caché sous le manteau de l'anonyme. Si ces raisons, monsieur, pourroient vous déterminer à faire la critique de cette production en me devenant auprès de vous une sorte de titre, croyez que je serois très reconnoissant de la complaisance qu'il vous plairoit de me montrer dans cette occasion. Seulement, craignant au milieu de mes doutes de me produire comme auteur avant que quelque succès ait justifié la pretention que cette publication en affiche, je vous prie bien de vouloir ne me nommer en aucune manière dans le compte que vous vous reserveriez alors d'en rendre au public.

J'ai l'honneur d'être avec consideration

Monsieur

Votre très humble et
très obeissant serviteur
Ch. de Cornillon

A Monsieur

Monsieur le Rédacteur du
Magasin Encyclopédique

A Paris
Le 2.e Exemplaire p.r M.r Millin directeur

www.ingramcontent.com/pod-product-compliance
Lightning Source LLC
LaVergne TN
LVHW022256030726
842520LV00009B/2842